現代噴繪設計表現技法

《設計表現技法叢書》
《設計表現技法叢書》
《設計表現技法叢書》
《設計表現技法叢書》

現代噴繪設計表現技法

申偉　昭平編著

湖南美術出版社

目　　录

彩色图版

第一章　概述

　　喷绘,就是用气喷出颜色的方法,即整个过程兼喷带绘,它有诸如"喷雾绘色"、"喷画"、"喷色"之类的称呼。喷绘是从国外传入的先进造型技术,之所以称之为技术,是因为技法在喷绘过程中有着举足轻重的作用,是决定一幅作品成败的关键。作为一种修饰照片、印刷工艺和美术设计的专业技术,喷绘已在我国各行各业中立足扎根,得到广泛应用,其在商业美术、电脑美术、工艺美术、美术教育和特种绘画领域已有长足发展,逐渐替代了其他工具手法,刷新了实用美术的工具史,得到越来越多的业内人士的认可和喜爱。

　　喷绘有其悠久的历史渊源,它早于文字的创造。这种将颜料混入空气中,以气着色的作画的方法,可追溯至三四万年前的原始社会,那时的先民们就懂得利用鹿腿骨与芦苇管,以嘴吹气着色,将画喷作于岩壁上。据专家考证,作者用赭石粉加上粘合剂及清水制成颜料,注入骨管,再把手贴上石壁,然后用嘴吹骨管,骨管中液体颜料即喷射在手和石壁上,喷射完毕,将手移开,即形成了洞壁上红色露底的阴文手印岩画。也正是这些岩画导引原始人类迈向绘画艺术的殿堂。

　　喷绘艺术不断向前发展,随着喷笔发明者美国人查理斯·帕的克的成功创造,近百年中喷绘的发展已至巅峰,成为自成体系的一个边缘画派。

　　喷笔是利用空气压缩将颜色喷出来,代替画笔进行涂绘塑造形象的一种绘画工具,它通过细微的色点的排列形成细腻的色彩层次变化,塑造出具有强烈立体感、质感、空间感的物体,它与绘画结合,可以绘制出超写实主义的绘画风格,利用喷笔作画能够形成相当柔美的画面效果,而且能随意控制色调和混色效果,所以喷绘技法的应用相当广泛,它不但应用于广告效果图,而且还被用来修整照片、喷刷玩具、雕塑、丝织品及瓷器等。

　　喷笔与其他工具的配合使用,能更好地体现和发挥喷笔的优点,做出层次丰富、柔和、完美的绘画效果。喷绘技术目前被广泛应用于工业设计和商业美术之中,并有了一套相对完整的技法体系,它以其自身的优点,闯入了与美化人类生活有关的各个领域,成为独树一帜的艺术表现手法。

　　本书分工具、技法、实例三大部分,并且对喷笔的历史做了一个简单概括的介绍,目的是使初学者对喷笔有一个基本的认识。在工具与材料部分,笔者将重点放在了对工具的认识和应用上,并且附有大量图片,以使读者对喷绘的各种工具与材料的名称、构造、使用方法有所了解,并着重介绍了日产喷笔奥林帕斯(OLYMPOS)和一池(RICH)的各种型号及用途,有利于初学者在购进这些物品时省下宝贵的时间和金钱。古人云"工欲善其事,必先利其器",这一部分对于从未接触过喷绘的初学者有着相当的重要性。在技法部分,笔者尽量用最简明的语言来讲述喷笔的使用方法,同时附以大量图片方便初学者的学习。在本书的最后一部分中,笔者对于一些技法进行了详细的描述,这也是本书最重要的一部分,这部分中笔者以一些优秀的喷绘作品作实例,列举了喷绘艺术在装潢、环艺、服装等各行业中的应用,并对其中一部分作品进行了分析。

　　本书不仅从理论上对喷绘技法进行了详细阐述,并且注重实用图例,所附图片均是国内外优秀的喷绘作品,因此本书不仅适用于初学者使用而且也是喷绘工作者创作时不可缺少的工具书。我国的喷绘艺术还相当落后,愿这本书的出版能为其水平的提高和发展尽一点绵薄之力。

第二章 喷绘的工具与材料

第一节 喷笔

　　喷笔是喷绘操作绘图的第一工具，没有它，喷绘也就不能称之为喷绘。喷笔有国外进口的，也有国产的，型号不一，但基本构造和工作原理大同小异，这里介绍几种，谨供参考。

　　一、喷笔原理

　　喷笔类似于市场出售的喷雾器，以伯劳力原理进行工作。伯劳力原理即缸吸压力吹喷原理，见图1。

　　现在市面上出售的喷笔分单控式和双控式两种。单控式有外混合型和内混合型，外混单控式是颜料与空气在外部混合气化，笔上的扳掣只控制空气流量，属初级喷笔；内混单控式比之稍进一步，属于较高级的单控式，其介于单控和双控之间，颜料与空气在喷笔内混合，并有节流针控制颜料流量。另外，还有一种比较特殊的，即喷笔扳掣只控制颜料流量，而空气则从气泵进入喷笔再出喷嘴，一路畅通，无开关阻流，这种喷笔多见于一些微型便携式喷笔泵，刻画更深入细致，不易出错，属精巧型，但其美中不足是不利于大面积喷绘，而非常适合画卡通插图、动画设计等。

　　二、喷笔的种类、型号

　　喷笔的种类、型号很多，喷嘴口径从0.2mm到0.8mm不等，颜料斗、颜料瓶容量从0.3cc到80cc不等。喷嘴口径0.3mm以上适合全开以上大小的画面，0.2mm—0.4mm口径适合对开以下的微妙画面的喷绘。见图2—1、2、3、4、5。

　　三、喷笔的结构

　　1、护针帽：主要保护喷针尖免受挫折，也起喷射调节作用。摘掉此件，经过练习可随手喷出0.1mm的线条来，对细部喷绘十分必要，但要养成使用后马上装回针帽的习惯，以保护喷针不受损坏。

　　2、喷嘴盖：主要功能是使空气喷出时压力

图1　喷笔

3

奥林帕斯(OLYMPOS)HP—PC100A 型

喷笔口径　　0.2mm

喷斗容量　　0.3cc

操作方式　　按压式

常规用途　　照片修整
　　　　　　人物画
　　　　　　精密喷涂
　　　　　　广告画

适用色材　　水性绘具
　　　　　　油性绘具

奥林帕斯(OLYMPOS)HP—PC100B 型

喷笔口径　　0.2mm

喷斗容量　　1cc

操作方式　　按压式

常规用途　　照片修整
　　　　　　人物画
　　　　　　精密喷涂
　　　　　　广告画

适用色材　　水性绘具
　　　　　　油性绘具

奥林帕斯(OLYMPOS)HP—PC100C 型

喷笔口径　　0.3mm

喷斗容量　　7cc

操作方式　　按压式

常规用途　　照片修整
　　　　　　美术广告
　　　　　　精密喷涂
　　　　　　广告画

适用色材　　水性绘具
　　　　　　油性绘具

图 2—1 常见的喷笔种类、型号

奥林帕斯(OLYMPOS)HP—PC 101 型

喷笔口径　　0.3mm
喷斗容量　　7cc
操作方式　　按压式
常规用途　　照片修整
　　　　　　人物写真
　　　　　　精密绘图
　　　　　　广告设计
　　　　　　模型喷涂
适用色材　　水性绘具
　　　　　　广告色材
　　　　　　透明水色

奥林帕斯(OLYMPOS)HP—PC 102B 型

喷笔口径　　0.3mm
喷斗容量　　7cc
操作方式　　引擎式
常规用途　　照片修整
　　　　　　精密绘图
　　　　　　广告设计
　　　　　　模型喷涂
适用色材　　水性绘具
　　　　　　透明水色
　　　　　　广告色材
　　　　　　油性绘具

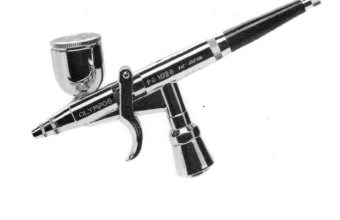

奥林帕斯(OLYMPOS)HP—PC 102C 型

喷笔口径　　0.4mm
喷斗容量　　15cc
操作方式　　引擎式
常规用途　　大型绘图
　　　　　　精密喷涂
　　　　　　工艺设计
　　　　　　模型喷涂
适用色材　　水性绘具
　　　　　　透明水色
　　　　　　广告色材
　　　　　　油性绘具

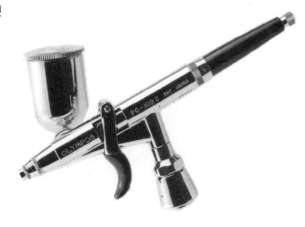

图 2—2 常见的喷笔种类、型号

一池(Rich)HB—A2
喷笔口径　　0.2mm
喷斗容量　　0.3cc(重力式)
适用色材　　水溶性绘具

一池(Rich)HB—B2
喷笔口径　　0.2mm
喷斗容量　　1.5cc(重力式)
适用色材　　水溶性绘具

一池(Rich)HB—C3
喷笔口径　　0.3mm
喷斗容量　　7cc(重力式)
适用色材　　水溶性绘具
　　　　　　油性绘具
　　　　　　低粘度涂料

一池(Rich)HB—D4
喷笔口径　　0.4mm
喷斗容量　　15cc(重力式)
适用色材　　水溶性绘具
　　　　　　油性绘具
　　　　　　低粘度涂料

图 2—3 常见的喷笔种类、型号

一池(Rich)RS—506N
喷笔口径　　0.9mm，1.1mm
喷斗容量　　250cc(重力式)
适用色材　　水溶性绘具
　　　　　　油性绘具
　　　　　　一般装饰涂料

一池(Rich)RS—506N
喷笔口径　　0.9mm，1.1mm
喷斗容量　　250cc(重力式)
适用色材　　水溶性绘具、油性绘具、一般装饰涂料

一池(Rich)RS—507N
喷笔口径　　0.6mm
喷斗容量　　150cc(重力式)
适用色材　　水溶性绘具
　　　　　　油性绘具
　　　　　　一般装饰涂料

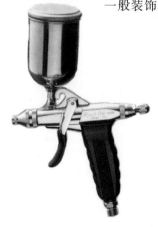

一池(Rich)RS—508N
喷笔口径　　0.6mm
喷斗容量　　150cc(重力式)
适用色材　　水溶性绘具
　　　　　　油性绘具
　　　　　　一般装饰涂料

图 2—4　常见的喷笔种类、型号

一池(Rich)GP—S1
喷笔口径　　　0.2mm
喷斗容量　　　15cc(重力式)
适用色材　　　水溶性绘具

一池(Rich)GP—1
喷笔口径　　　0.35mm
喷斗容量　　　15cc(重力式)
适用色材　　　水溶性绘具、油性绘具、低粘度涂料

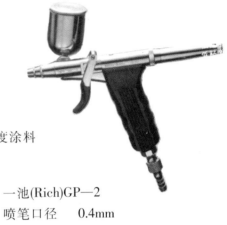

一池(Rich)GP—2
喷笔口径　　　0.4mm
喷斗容量　　　15cc(重力式)
适用色材　　　水溶性绘具
　　　　　　　油性绘具
　　　　　　　低粘度涂料

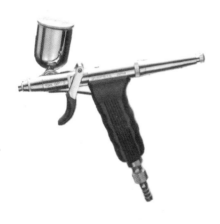

一池(Rich)GP—3
喷笔口径　　　0.5mm
喷斗容量　　　50cc(重力式)
适用色材　　　水溶性绘具
　　　　　　　油性绘具
　　　　　　　中粘度涂料

图2—5 常见的喷笔种类、型号

均匀,形成气流环绕喷嘴喷出,如果喷嘴不圆或是受损,就会使喷射不均匀,喷射方向歪斜,这一点需加倍注意,也可作挑选喷笔的参考。

3、喷嘴:是喷针的通道和颜料出口,扳掣喷针时不宜用力过猛,以免顶裂喷嘴。

4、笔管:它和颜料槽构成喷笔的主体和中枢,是连接空气、颜色的通道,喷针和扳掣的枢纽。

5、扳掣:是操作之关键部位,通过手法的灵活运用可喷出不同效果的喷样,平时需多做操纵练习。

6、喷针:是喷笔的灵魂,也是最娇贵的部件,最重要的功能是控制喷嘴的关启,它极易损坏,拆洗时需加倍爱护,一般最好能配置两根喷针,留一根备用。

7、针圈:起固定喷针和套接喷针弹簧的作用。

8、喷针弹簧:使喷针及其附件能伸缩自如。

9、弹簧顶座:起调节弹簧之作用。

10、节针夹钮:调节喷针深浅,应注意进入喷嘴太深易顶裂喷嘴,太浅不易喷绘细微效果。

11、笔套:防尘保洁,拆下时可调节喷针深浅,完毕后需立即旋上。

12、笔盖:防止颜料溅洒,当喷绘动作幅度稍大时,则需盖上。

13、活塞推动针。

14、活塞圈。

15、气阀上活门。

16、气阀套管。

17、气阀针套圈。

18、气阀针。

19、气阀弹簧。

20、气阀下活门。

21、通心螺杆。

四、喷笔的基本操作

了解了喷笔的构造和功能,还应学习喷笔的基本知识和操作方法。

1、握笔方法:

①水平持笔法:三指环抱,垂直画面,水平持笔。

②垂直持笔法:三指环抱,平铺画面,垂直用笔。

③斜握持笔法:特殊需要时可使用,其效果是近深远淡,近密远疏,近实远虚,一笔多种效果。

2、扳掣的使用:

扳掣一打开,喷绘便开始;松手,即停止喷射。扳掣的控制技巧决定了喷绘作品的艺术效果。扳掣主要有两个功能,下按决定空气进出,后撤控制颜色进出量。下按深浅决定喷出空气的流量大小,扳掣的远近制约颜色的幅宽,这些方法使用得当,比如撤按得先深后浅或先浅后深,扳拉得先近后远或先远后近,可以喷出各种效果不一的作品,在实践中,可深入体会领悟其中之奥妙。

3、喷针局部调整:

喷针进入喷嘴,深浅经过调整,可达到自己需要的效果,喷嘴前端或是稍留空,或是多留空,都会产生不同的喷样,针帽的调整也可施加影响,摘帽后喷细线、细点,很是顺手。

五、喷笔的保养和维修

1、保养要求：

①平时不要经常无故拆卸,使喷笔内部各部件免遭撞击。

②喷绘完毕,喷笔必须进行仔细清洗,若喷了特质颜料(如丙烯、油画颜料),清洗完毕还需用专用清洗液洗涤(汽油、酒精、香蕉水也可代用)。

2、维修要点：

①滋水：喷绘过程中水与色一起喷出,严重破坏画面效果。滋水的原因是气泵长期不排污,储气罐中积留了大量油、水,带进导管以致从喷笔中喷出。所以平时要定时排污,也可用半透明导管,它能看见内部积水状况。

②漏气：检查喷嘴与笔管旋接之间,活塞与笔管之间,活塞与导管连接螺丝之间,导管连接螺丝与导管插接之间是否连接不牢,将之重新旋紧,插牢便可;另一种情况是因为堵塞,只需卸下清洗便能解决,如堵塞严重,得有专业通针,否则,只有去厂家更换部件。

③回溅：喷嘴不出色,倒气回吹,溅色,如果部件之间相互吻合,则需酌情更换零部件。

④不出色：压力小、针道堵塞、喷针不固定造成的不能前后移动,都会出现不出色,可以自行拆卸维修,压力不稳时喷出的粗颗粒有时也可作为一种特殊效果。

⑤不通气：可以进气、通气、出气等部位逐个检查,清理通道,或是更换受损部件。

第二节　气泵

气泵是喷笔的动力来源,是用于压缩空气、提高气体压力的机械,对于美术设计工作者,使用微型的,并附有空气槽的为佳。空气槽能稳压,使空气压力起伏波动小,比较稳定,另外有一种便携式空气压缩罐,使用方法简单,外出时最适合,一般准备两罐以上交替使用,见图3—图7。

一、气泵构造

1、气缸：直接压缩气体,内装活塞反复运作,有进气阀、排气阀各一套。

2、活塞：其在气缸内往返运动,使气缸完成吸压排气工作,活塞上端外圈上有数条环形槽,用于镶嵌活塞环,活塞环有气环和刮油环两种,气环能组成封闭的容积,减少压缩气体的穿漏,刮油环能起均匀润滑油的作用。

3、气阀：由进气阀和排气阀二者组成,其结构包括阀座、阀片、弹簧和升程限上器,阀片与阀座的密封线必须绝对严密紧贴。

4、曲轴：是压缩机的运动部件,它把电力输入的动力转变为活塞的往复运动力,通过运动造成气体压缩,它由曲柄、主轴颈和曲柄销构成。

5、连杆：连杆与曲轴相连的一端叫大头,旋转式运动与活塞相连的一端叫小头,往复式运动,中间有杆身,在大小孔内分别装有耐磨金属套。

6、机体：也称曲轴箱,机体是连接气缸、安装运动部件和承受整个空气压缩机重量的支体,机体内部是贮放润滑油的地方,在曲轴运转时通过与击油针的接触以供润滑之用。

7、储气罐：上装主机,下有推动轮,其压力表装置可直接观察到罐内气体压力。与压力表并列的是安全阀,是个保险装置,当压力超过工作压力时,安全阀自动顶开,促使其泄气减荷,从而稳定罐内压力,消除因压力无限上升而引起的危险。电气控制系统装在储气罐后部的电气箱

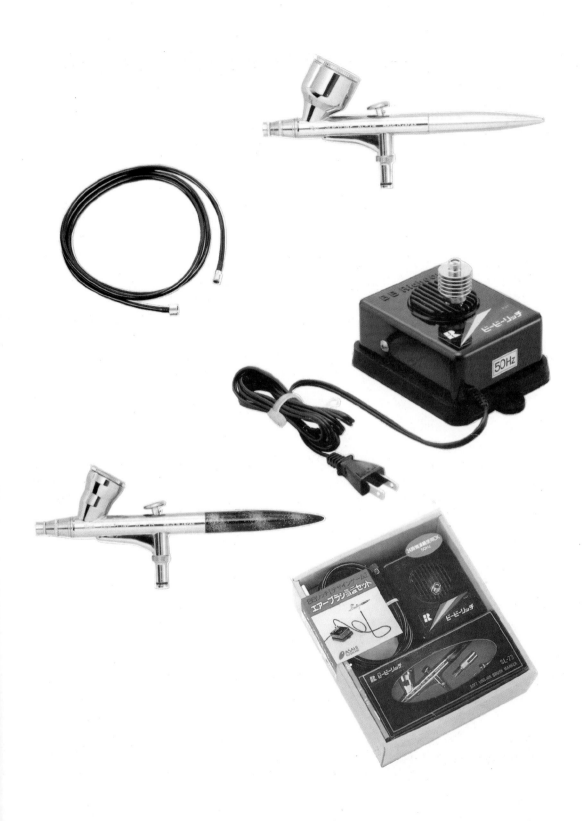

图 3 低压静音式便携喷泵(字典大小)

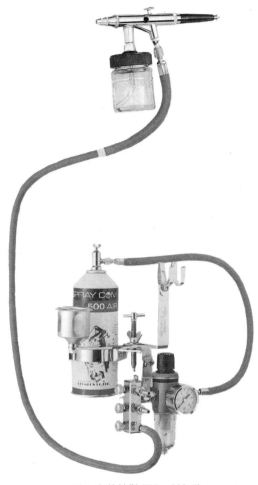

图 4 奥林帕斯 FPB—203 型

图 5 奥林帕斯 PCB—101 型

内，它不仅是一个安全操作装置也能省电节能，空气一旦达到工作压力，它就会自动断电，停止运作；当压力下降时，又自动接通电源恢复运作。

二、气泵的使用

刚出厂的气泵，泵内无润滑油，使用前必须加油。润滑油油量应控制在油尺的上下两油位线刻槽之间，如不加则会损坏机件。加油后应用手转动皮带轮，无障碍时方可通电，平时气泵应停放在清洁、干燥、空气流通之处。

三、气泵的保养与维修

1、保养：

①储气罐必须每年检修一次，延长其工作寿命。

②气泵工作一周应将排污阀打开排尽油水。

③空气滤清器须一月清洗一次。

④在清洁环境中停放，避尘、避湿、避油污。

2、维修：

①有敲机声，其原因是气缸与气缸头或是气缸头与气阀间的垫片厚度不足，引起活塞顶端撞击出声；或是进排气气阀碎片坠入气缸，使零件严重磨损。解决办法是适当替换零部件。

②排气温度升高至 180 摄氏度，其原因是气阀不密封发生漏气，需更换零件。

③润滑油温度升至 70 摄氏度，其原因是活塞环、活塞严重磨损，压缩气漏入机内；也可能是注入润滑油油面量过高。可适当检修，或更换新件。

④排气量不足，原因有：进排气阀片或气阀弹簧断裂；气阀上下端的垫片不密封；管路漏气；空气滤清器积污太多，阻碍进气等。解决办法是适当检修或更换新部件。

⑤机器咬住或敲车，原因有：断油；润滑油污染变质；压缩气漏入机件；油温升高

奥林帕斯(OLYMPOS)HP—WIDE308 型

喷笔口径　　0.8mm

喷斗容量　　150cc

操作方式　　引擎式

常规用途　　油画、广告画
　　　　　　美术工艺、大型模型
　　　　　　精密喷涂

适用色材　　水性绘具
　　　　　　油性绘具

奥林帕斯(OLYMPOS)PC—JMB0 型

喷笔口径　　0.4mm

喷斗容量　　50cc

操作方式　　按压式

常规用途　　油画、广告画
　　　　　　美术工艺
　　　　　　模型喷涂
　　　　　　精密喷涂

适用色材　　水性绘具
　　　　　　油性绘具

奥林帕斯(OLYMPOS)SC—110 型

喷笔口径　　1.0mm

喷斗容量　　150cc

操作方式　　引擎式

常规用途　　油画、广告画
　　　　　　工业喷涂
　　　　　　美术工艺
　　　　　　精密喷涂

适用色材　　水性绘具
　　　　　　油性绘具

图6

13

一池(Rich)KS—1707T(10w)

〔功率 100w 最高压力 3.3kg /cm² 风量 38l / min〕

一池(Rich)KS—1003G

〔功率 100w 最高压力 3.0kg /cm² 风量 38l / min〕

一池(Rich)KS—2004G

一池(Rich)KS—1708(200w)

〔功率 200w 最高压力 3.5kg /cm² 风量 48l / min〕

一池(Rich)KS—2T2004

一池(Rich)KS—T2004

〔功率 200w 最高压力 4.5kg/cm²风量 40l/min〕

图 7

等。解决办法是调换新油或拆修。

第三节　其他工具材料

一、**纸张和颜料**　纸张又分吸水和不吸水两大类。

白卡纸:质地平整,吸水,一般不需装裱。

灰卡纸:正面吸水,背面吸水少,可不装裱。

玻璃卡纸:表面光滑、平整,吸水少,可不装裱,与刻刀法并用。

水粉纸:正面有纹理,斜喷时效果明显,吸水,需装裱。

绘图纸:吸水,需装裱。

相纸:表面光洁,吸水,需装裱。

铜版纸:表面光洁,吸水,需装裱。

道林纸:吸水,需装裱。

复印纸:吸水,需装裱。

生宣纸:吸水,可根据画面要求装裱或不装裱,适用国画色。

熟宣纸:吸水,不需裱,托后还可再喷画。

以上纸张都适用水粉颜料、丙烯颜料、透明水色、墨色等。见图8—1、2。

二、**画笔**

油画笔、水彩笔、水粉笔可用于调色、打底、清洗喷笔。狼毫、羊毫、叶筋、白圭、衣纹笔等用于刻画细部。

水溶性铅笔、彩色铅笔用于修改画面,铅笔、炭条用于起稿,圆珠笔、铁笔用于拷贝画稿,板刷用于打底和刷除粉尘。

三、**模版**　需制作多种形状线条各异的内外模版,见图9。

四、**其他**　刀具,有手术刀、裁纸刀、刻刀、划圆刀等;尺子,有直尺、模版尺、电线刀、云形尺、丁字尺、蛇形尺等;镇纸,有铁条、磁条等。

其实,工具并不限于这些,本书介绍的只是一些常用的工具。只要能达到预期的目的、效果,可以"不择手段"。作为一个优秀的美术工作者应该开拓自己的思路,运用更多的材料与工具创造出更好、更完美的绘画作品。

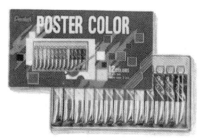
专用广告颜料(水粉)

喷绘专用水色

清洗液 保养液

蜡块颜料

压力型喷绘专用水色

油画棒

不透明水彩色

专用广告颜料(荧光)

不透明丙烯色

图8—1 各种颜料的准备

纺织纤维颜料

中国画颜料

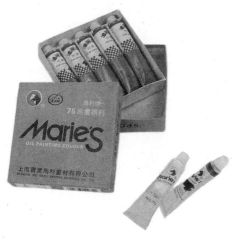

油画颜料

广告水粉颜料

丙烯颜料

水彩颜料

图 8—2 各种颜料的准备

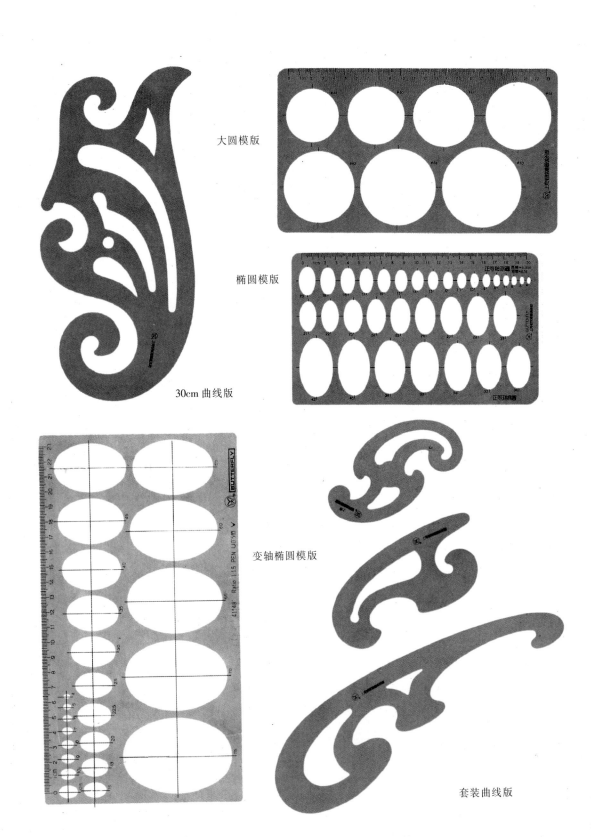

大圆模版

椭圆模版

30cm 曲线版

变轴椭圆模版

套装曲线版

图 9 几种喷绘常用辅助模版

第三章　喷绘的技法

第一节　基础练习

一、姿势要点　持笔姿势如同执钢笔,气管可盘绕在右腕上,喷笔笔杆靠在中指一关节侧,拇指从另一侧执握笔杆,食指盖压于扳掣上,把握扳掣操纵,喷洒颜色,见图10。

二、扳掣操纵　操纵扳掣,其要领是,按下扳掣,喷出空气,再向后缓慢扳动,直到喷出颜料,注意力量大小对颜色及空气流量的控制,轻松喷出理想作品,收笔时,应反向操纵,先推回扳掣,停止喷色,再松动食指,让扳掣弹起,停止喷气,喷绘完成。

三、点喷造型　点的利用,如星辰、闪光、灯光、金属高光等等,点绘练习至准确无误,自由控制色流量为佳。

四、线喷造型　线之喷绘,如光晕、灯影、毛发、水波,线喷练习至可自由喷出平行线且线条粗细均匀为佳(线喷可利用槽尺来喷出粗细均匀且上下平行的线条)。

五、面喷造型　面喷的效果,直接影响画面的肌理,可喷多种晕调,是点线喷绘的演绎。面喷练习至自由喷出效果迥异的晕面,直到自如把握为佳。

第二节　具体操作

一、刻模法　指先在画面上贴膜,刻取形,然后旋喷的方法。首先裱纸或绷布,准备好工具。贴膜可采用进口转移膜和国产转移膜,国产转移膜粘性重,偶损画面,用前可适当在其它板面上粘贴几次,待粘性降低再贴上画面,进口转移膜价钱高,但不会损伤画面,质量较好,可根据个人经济状况选用不同的转移膜。步骤如下:

1、将画好的草稿拷贝到正稿上去。

图10 正确的执笔姿势

2、把转移膜(稍大于画面)贴在画面上,注意适当遮挡,周边不要喷脏。

3、沿正稿的线条,用刻刀条刻划,注意不能太浅,也不能太深,浅则刻不透膜,深则划伤纸画。

4、将形分割完后,按局部施喷的方法揭起一个部分,喷绘、覆盖,揭起第二个部分再喷绘、作画,直至完毕。

二、自由模版法 指借助多种曲线云形模版,灵活移动施喷。需先自制各种几何形模版,可规定为不同半径的内外圆,不同度数的内外角,不同宽度的内外矩形,不同大小的内外椭圆,不同变化的内外曲线版,再加上一些常用花边方可够用。

自由模版,可以不依附于刻模版,也可以二者结合使用。自由模版大都以白纸版为材料,质地坚挺,便于持握作画,一般可用裁纸刀在纸上作曲线运动切割。

1、拼凑式自由模版法的步骤:

①将设计好的画稿拷贝到正稿上去。

②寻找自由模版,将曲线吻合画稿某部分外轮廓的模版找出,依次组合,形成沿外轮廓向外的遮挡。

③用压垫压住模版组合部分。

④自如施喷,形成所需形喷样。

⑤注意: a.模版重叠不可太多,否则轮廓处会因有空隙而使边沿模糊不清,当然偶尔也可能因特殊需要而利用这种效果。

b.压垫要牢靠,以免错位及色彩污损版下画面。

c.拆版时应向画面的垂直方向掀启,勿因挪位而使轮廓模糊。

2、手持式自由模版法:

此种方法,可谓是纯粹的"自由"模版法,这种方法是喷绘技法的最佳状态,一般从事多年的喷绘工作或是手段相当熟悉的人使用这种方法较多。因其方便快捷的速度,一气呵成的画面效果,既避免了繁琐的操作过程,又使喷样更显灵活生动,而广泛被喷绘工作者运用,但其细部刻画却需结合手绘或是刻模来补充。(步骤略)

三、塑造法 一般指先用炭铅笔画素描关系,再结合喷绘。这种方法对喷绘工作者提出一个严格的要求,那就是必须具备扎实的素描功底和造型能力,这也是著名喷绘大师空山基的成名技法。

四、喷补法 即先用手绘,关键部分用喷笔来补充。

五、幻灯法 用幻灯辅助喷绘的方法。先将欲画之图片的参考资料制成幻灯片或是现成的幻灯资料映射在画面上,手持喷绘,此法可依据资料的多种重叠放映,进行多次旋喷而形成神秘幻想的喷绘作品。

它有两种方式可以利用:其一是将写生物象拍成135幻灯片,投影于画纸上,勾勒喷画线描稿;其二是利用幻灯机把物像投影于画纸上,依据其轮廓、色调、明暗关系,以此为参照图式,进行徒手喷画。此法省时准确,方便快捷。

第三节 特殊技巧

特殊技巧是在喷绘过程中,或是依据特殊工具,或是依靠特殊性质的颜料进行的喷绘。这对一幅作品来说,可避免喷笔操作的单调性,个人可依据喷绘经验的多少,开发出更加适用的技巧。

一、有底纹理法

利用画底纹理或是笔触肌理,采用多角度喷色使肌理呈现更丰富的效果,并与喷画融于一体,增加画面表现力。

喷绘中喷笔与画纸夹角越小,肌理越明显。画底纹理一般可选用质地较粗的纸张,如水彩纸、水粉纸、油画纸、底纹纸,创作前先采用多角度施喷,观察体会其喷样。

二、摺皱肌理法

将画纸揉皱后略微展开,低角度旋喷,着色展平后尤如未展开之形态,其纹样轻重浓淡,如连绵之山脉,也似幽柔之流水,总之柔皱的形态决定喷样的效果,平时可多用宣纸、图画纸、高丽纸喷绘效果,不宜选用太厚脆之纸,在肌理上创作时,需采用背刷水抚裱,之后再施喷图样。

三、水斑留痕法

在喷画上用画笔沾水,水可稍带色彩倾向,根据需要甩、点、弹、抹、沾、擦,干后再略微喷些浅淡颜色,水迹处形成斑痕,效果特异。此种方法可结合洒盐法使用,水点出后,未干时洒上少许盐末,干后旋喷,又会产生另一种纹理效果。

四、喷水渗透法

在裱好的画纸上先喷一层水,成密集细点状,趁湿喷色时,喷距在8cm左右适宜,此法可营建剔透之效果。

五、滴色吹喷法

先调好颜色,将色滴在画面上,倾斜运笔,空喷吹溅色滴,把握色滴走向,并不断调整喷笔方向和空气力量大小,其纹理、线条盘结交错,如枝条、石纹、枯裂之土壤等。

六、喷水破色法

在涂好或喷好的底色上,用喷笔喷吹清水,使吹喷之处的底色溶解变化,形成如屋漏痕挺涩有力之线条,倾斜用笔,反复体验,把握角度大小和喷溅力度。

七、点喷吹色法

将颜料调稀,点喷,在超低距状态下运笔,可形成复杂多样的花式,如星形、枝桠形、蜈蚣形等丰富多采的特殊效果。

八、空压模版法

用硬材料制作的模版,利用模版与纸面的垂直距离大小来营造虚边或是两色的过渡效果,使画面活跃柔和,重压则实,提起空压则虚。

九、反弹喷色法

喷笔吹喷不是直接对准画面,而是利用硬物斜挡反弹,此种方法的喷样也效果独特,活跃多变。

十、压痕斜喷法

用铁笔将硫酸纸上的稿样拷贝到画纸上,揭开硫酸纸,沿铁笔留下的压迹,持喷笔以45°角旋喷,其稿样实底半白半色,虚实相映,效果独特。

附:参考书目:

1、《喷绘技法》 王一先编著,黑龙江美术出版社出版。

2、《喷画造型艺术》 陈学文著,黑龙江美术出版社出版。

3、《图解喷绘画技巧》 香港文兴出版社出版。

4、《喷笔画技法》 荣健文编著,香港万里书店出版。

第四章　名作赏析

第一节　优秀范例步骤演示

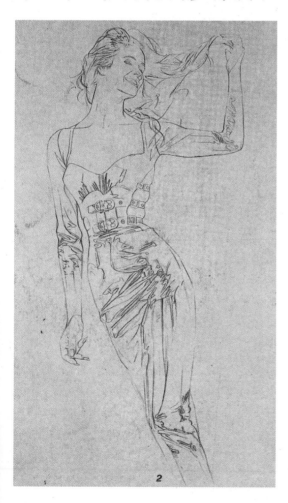

2

1

2

1、从杂志和收集的照片中获取构思并制成草图。

2、将草图拷贝到硫酸纸上。

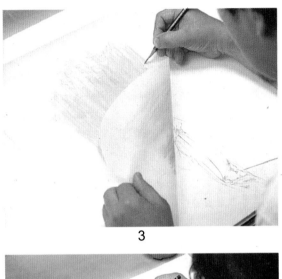

3

3、4

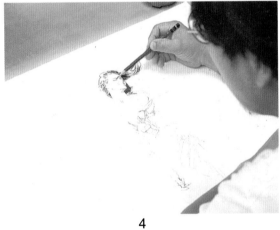

4

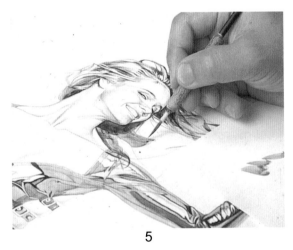

5

3、再从硫酸纸拷贝到正稿上。
4、将拷贝到卡纸上的线用铅笔
再勾画一遍。
5、铅笔线勾好之后,用毛笔画
中间颜色重的部分。

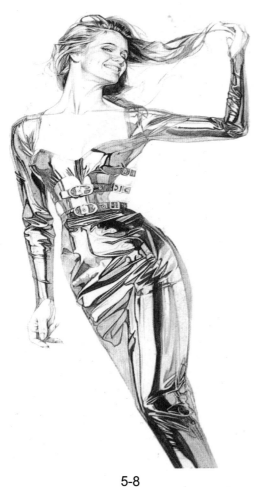

5-8

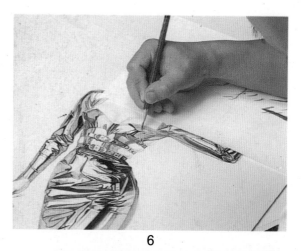

6

7

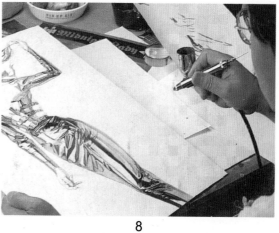

8

6、重色的部分画好之后,用铅笔
条重勾一遍。

留住铅笔痕,要在上面薄
喷上一层定画液。

8、为了使墨稿和铅笔线看上去更
柔和,要用喷笔将所有的地方都
轻柔地喷一层浅淡的颜色(钴蓝
和浅橘黄颜料)。

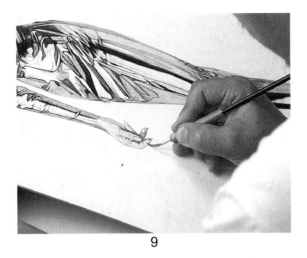

9

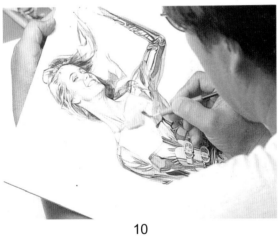

10

9-11

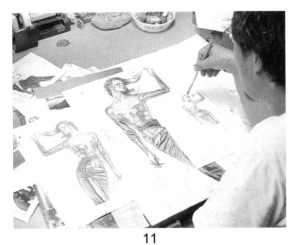

11

9、肉体部分用毛笔⋯
石色和橘红色。
10、用手固定住纸板,防⋯
入背景中。
11、左边的草图和右边的复印缩
小图是为了与正稿做比较,以便
于检查突然出现的错误并使之更
有立体感。

12-15

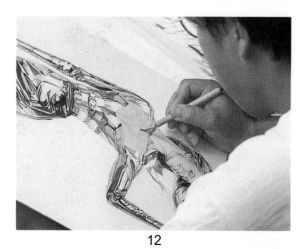

12

13

14

再将线

7、为了

薄地

上一层颜色使之变得更深。

⒔用赭石和熟褐色强调头发的暗
部。

14、画稿的上面需要放一张干净的
纸(不至于弄脏画面),用手固定住,
画细节的部分。

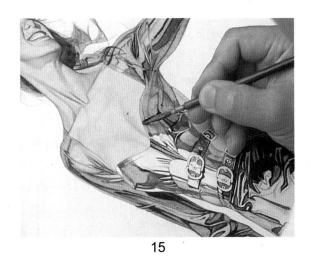

15

16-20

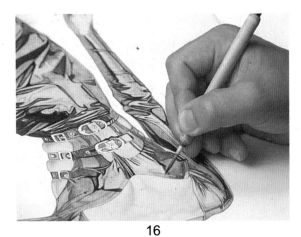

16

17

15、太空服和基本色用钴蓝涂画。
16、用毛笔细画细部。
17、用电吹风烘干,准备下一步的绘画。

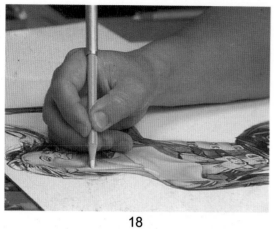

18

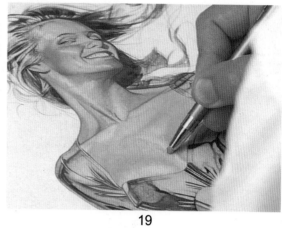

19

20

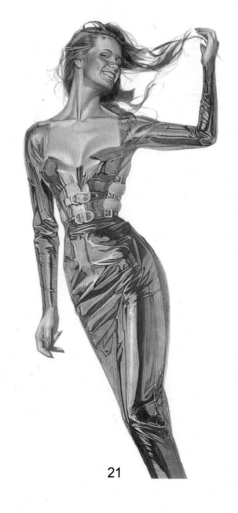

21

18、用铅笔式磨砂橡皮擦出
最亮的部分。
19、用一支软橡皮将比较鲜
亮的地方变得比较淡。
20、用电动橡皮做出细部的
最亮部分。

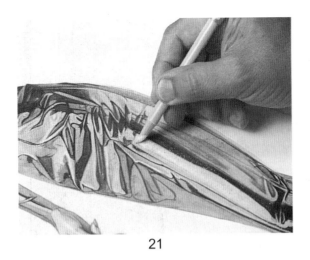

21

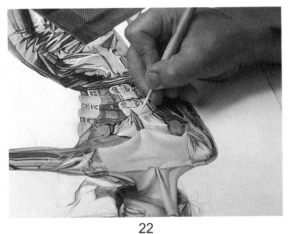

22

23

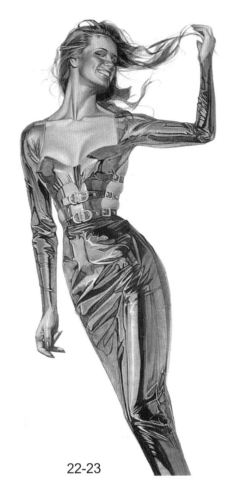

22-23

21、太空服上最亮的地方用磨砂橡皮制出。

22、用柔钛白画出亮部最亮的地方。

23、如果因为手放的地方比纸板低而不方便,可以放另外一块同样厚的纸卡垫在手的下面。

24-26

24

25

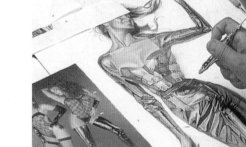

26

24、瞳孔一定要画得非常仔细，这决定了画的质量。

25、用喷笔喷毛笔难以画出来的大面积的层次感。

26、用喷笔喷毛笔无法表现出的太空服塑胶材料的质感。

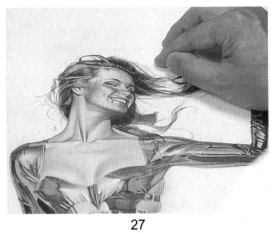

27

28

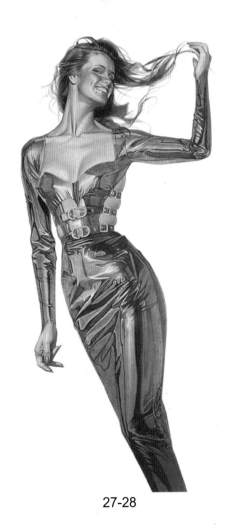

27-28

27、在透明胶片上点一滴墨,试
着放在画上决定一个最吸引人
的地方。
28、画出美人痣,整幅画也就完
成了。

第二节　国外优秀作品赏析

1、本作品以喷为主,效果强烈夸张,前面两只手的表现相当细腻,也能看出这是作者用心思颇多的地方。这幅作品喷绘的特点相当明显,充分显示出作者的技术相当精湛。

2、作者在喷背景时,将笔帽摘掉,造成喷溅不匀、颗粒较粗的效果。这本是喷绘技术中的一种错误,却被作者巧妙运用,形成意想不到的特殊效果,可见作者的聪明及其思路的开阔。

3、这幅作品色彩比较淡,与上一幅较油腻、浓重的色彩感觉形成明显对比,但对质感与立体感、空间感的表现并不逊于上一张。不同之处是这一幅手绘的地方较多,背景感觉水墨淋漓就是明显的手绘效果,很有中国水墨的味道。前面赛车上的光线以遮挡膜喷出,画面虚实处理相得益彰。

4、本作品是商业性美术广告中塑料、金属两种不同性质的材料的完美结合,尤其是塑料膜下细腻肉体的质感表现,虽没有什么特别之处,但作为广告仍能达到引人注目的效果。隐于塑料衣服内的肉体若隐若现,作者空山基最善于以喷绘技法表现性感女郎,在喷绘的同时,用橡皮擦出亮的部分,用来表现人体的细腻,最后阶段再用喷笔喷,以表现人的肉体质感。

　　5、本作品仍是采用
先绘后喷、喷绘结合的
手法。以喷的细致、色彩
的丰富来弥补手绘中色
彩层次不易把握、色彩
混合难以控制的缺点；
以绘来掩饰喷的过程中
易出现的色彩太过细
腻，难以表现豪放效果
的缺憾。喷与绘是无法
分开的两部分，喷由于
绘的衬托而更臻完美。
本作品将女性变幻成马
的形象，创意颇有新意，
橡胶衣服的透明质感强
烈，只是身上皮带、皮革
与金属扣的质感表现不
够完善。

6、此幅作品是
金属质感的成功表
现。在机器人本身
统一的浅色调中出
现丰富、多层次的
色彩变化，以大面
积的喷绘效果，使
得暗色的背景并不
单调，整个画面给
人一种强烈的冲击
效果。立体感、质
感的完美表现，在
将喷绘的优点发挥
得淋漓尽至之时，
同时展示了作者很
深的绘画功底，作
为一幅商业美术广
告也达到了预期的
效果。

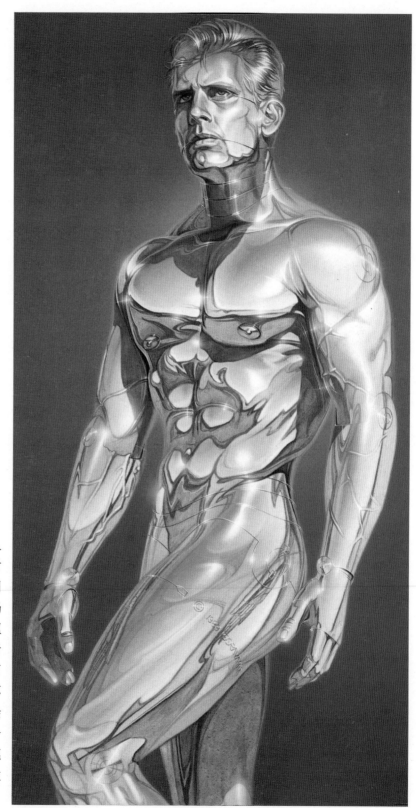

7、金属性的人体并不影响作者对肉体的表现，分明是金属的人体却仍给人一种血肉之躯的感觉，这是作者的高明之处。只可惜两只胳膊似乎不一样长，但其喷绘技术的高超还是令人佩服的。用喷笔作出的色彩渐变效果总是令人满意。

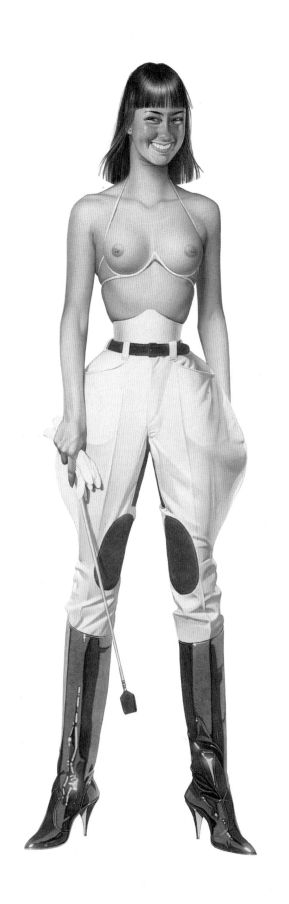

8、这亦是空山基的作品,对女性身体肉感细腻的表现是他的拿手好戏。先画素描效果,进而手绘,再以橡皮磳出亮部,最后以喷笔喷出柔和效果是他作画的步骤,因此他的画素描关系强,细而不碎。

彩色图版
CORLOR PLATE

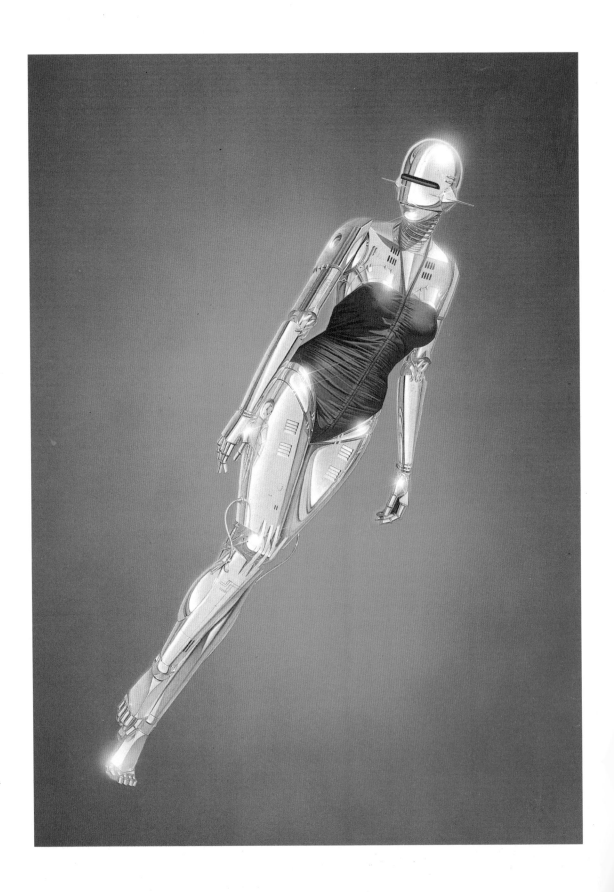

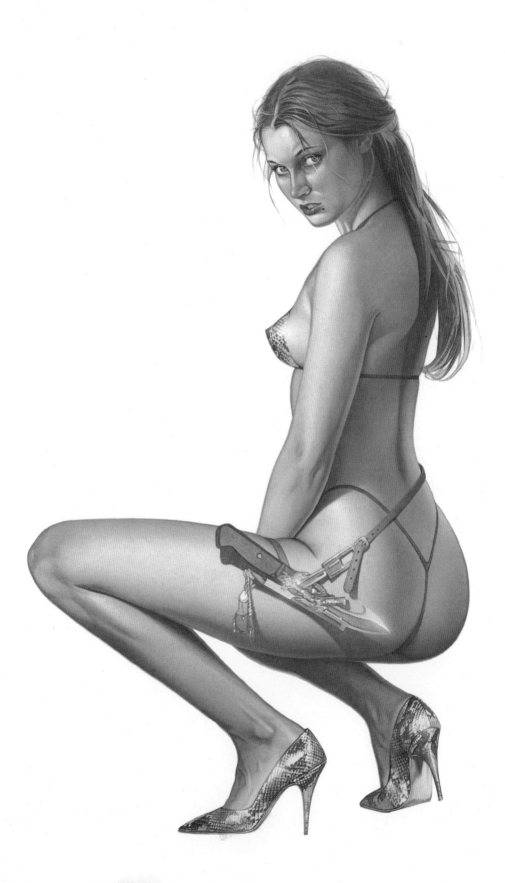

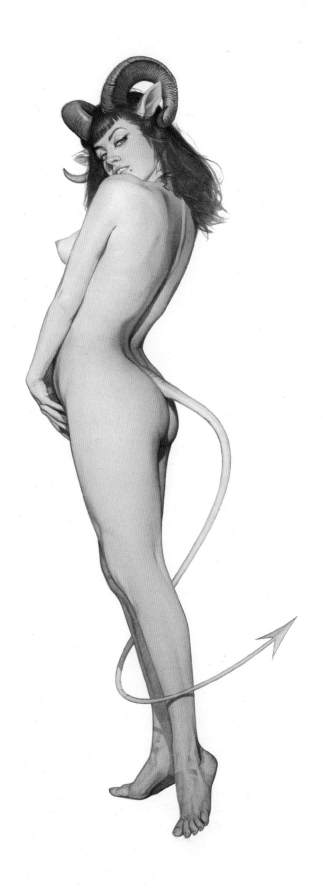

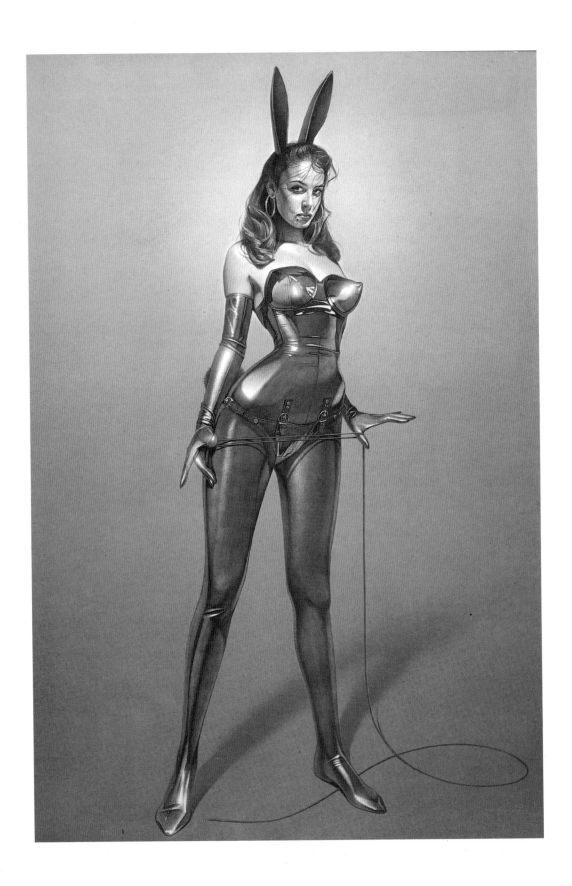

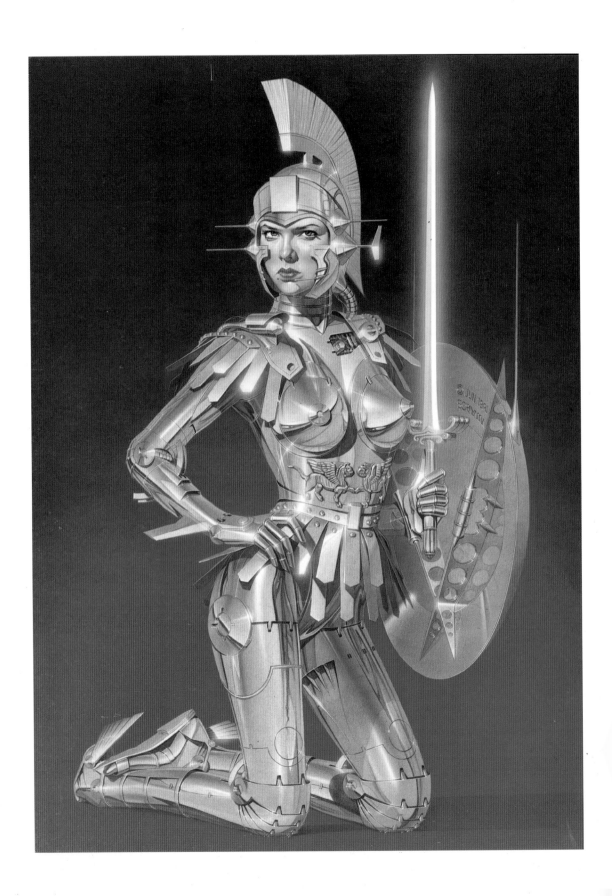

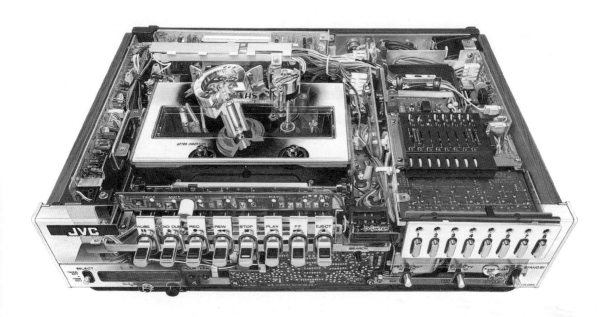

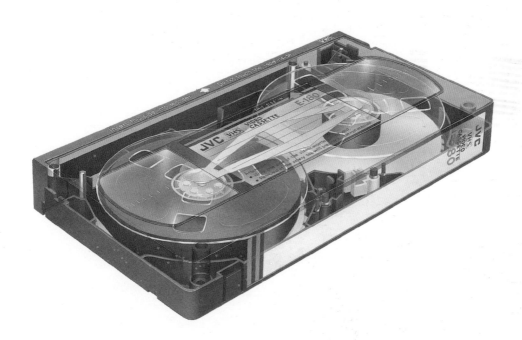

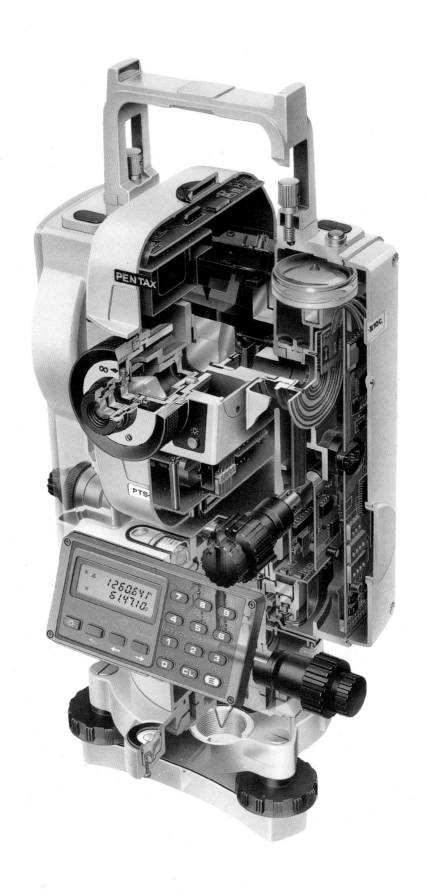

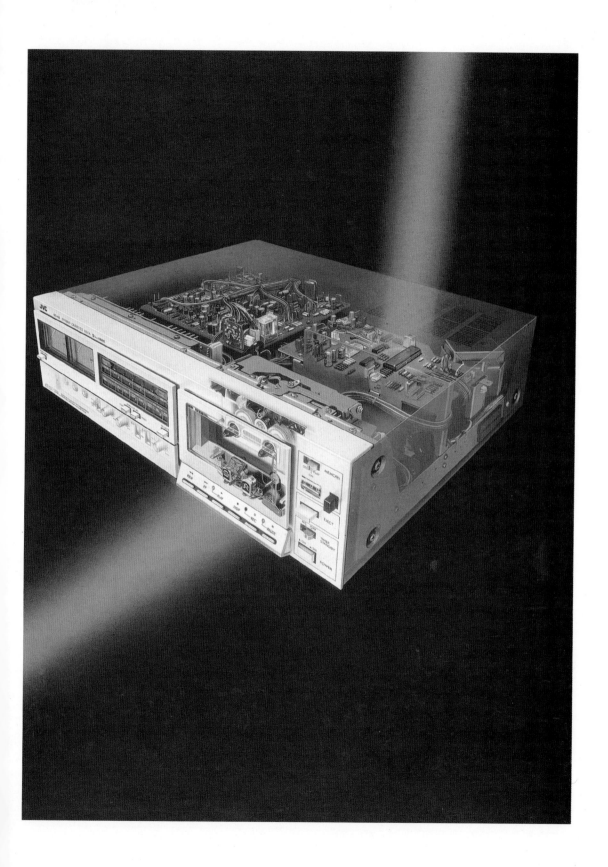

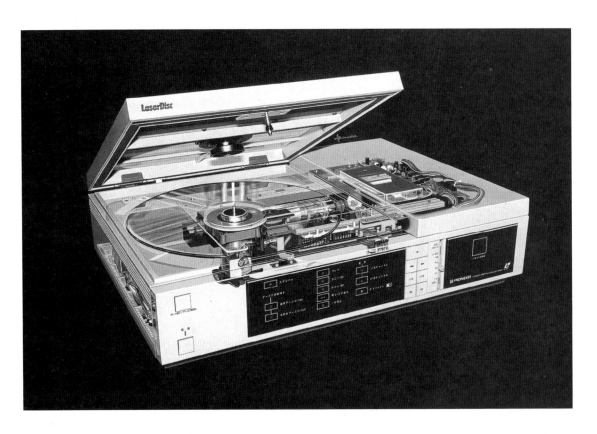

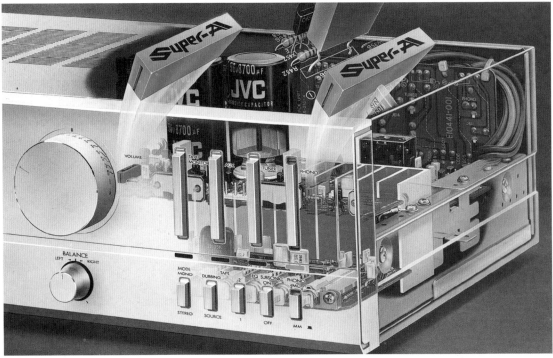

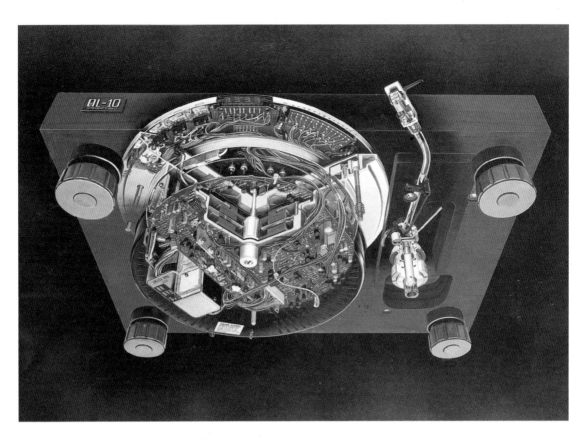

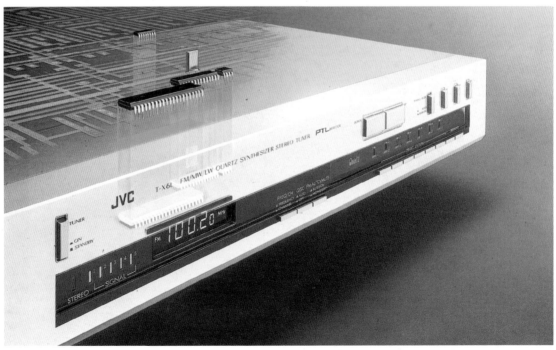

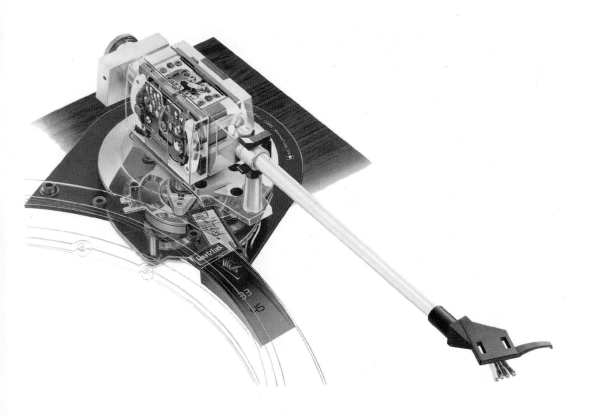

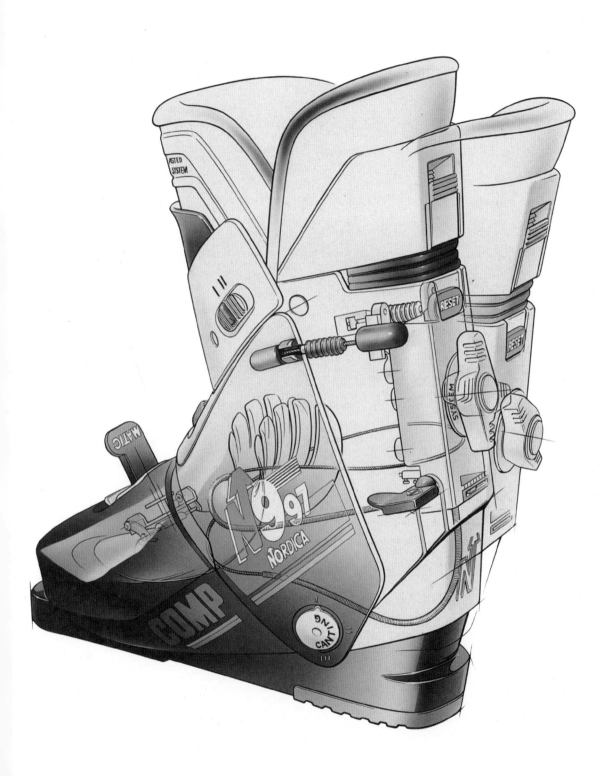

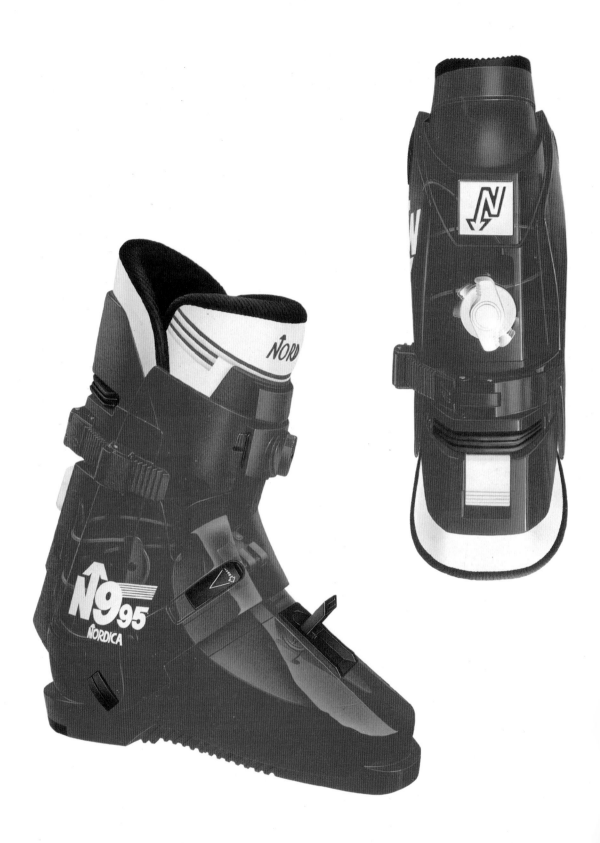

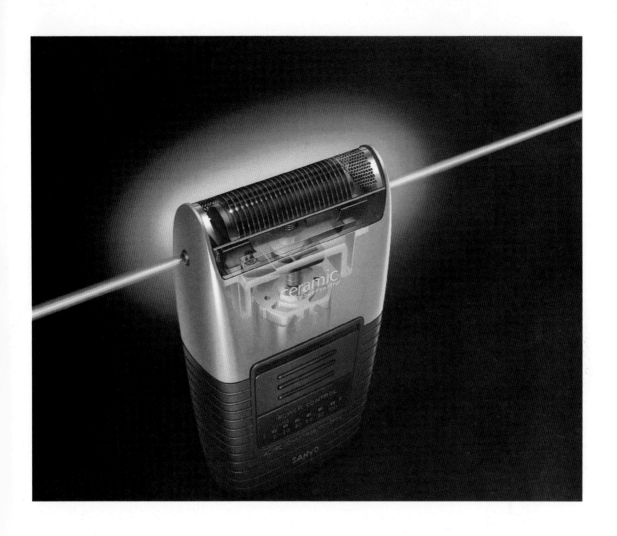

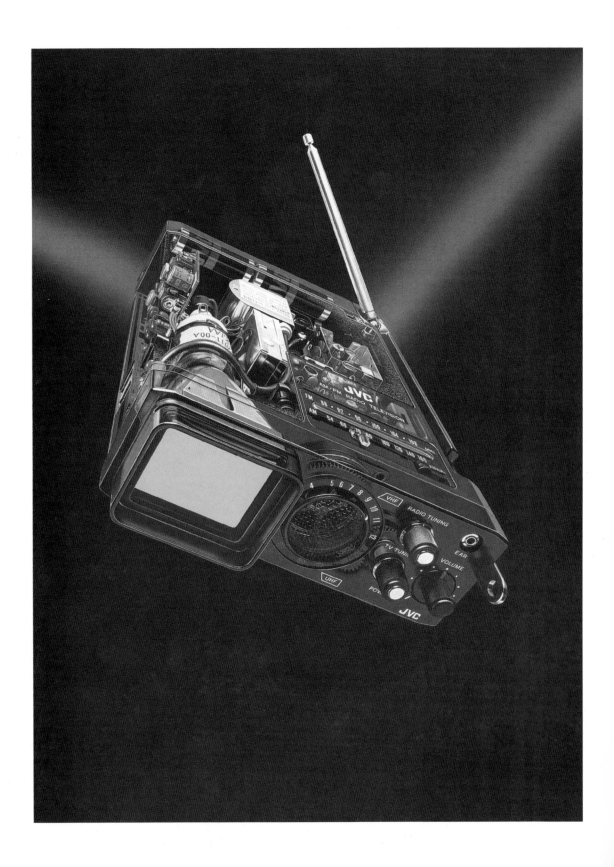

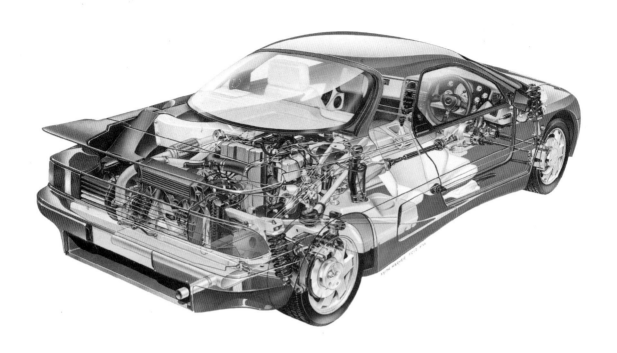

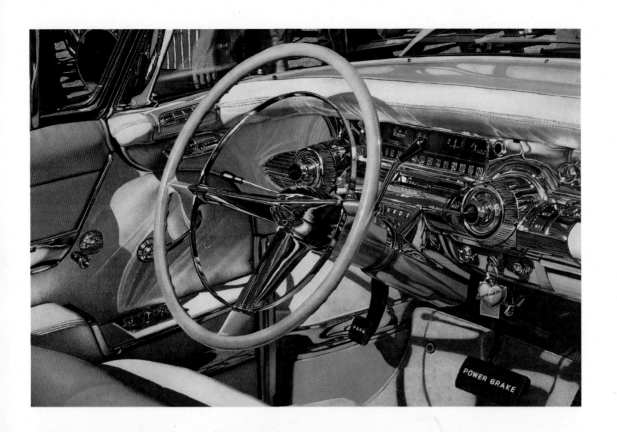

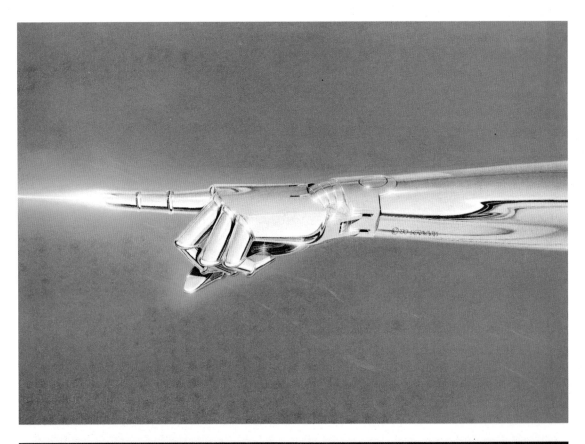

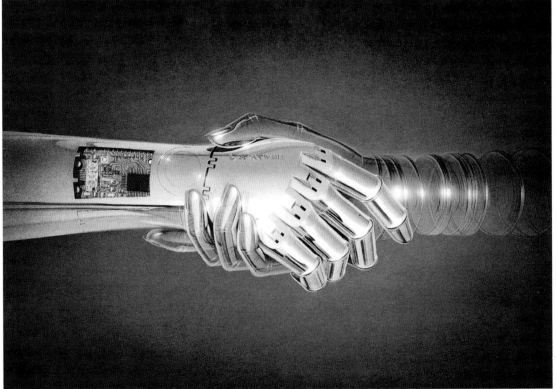

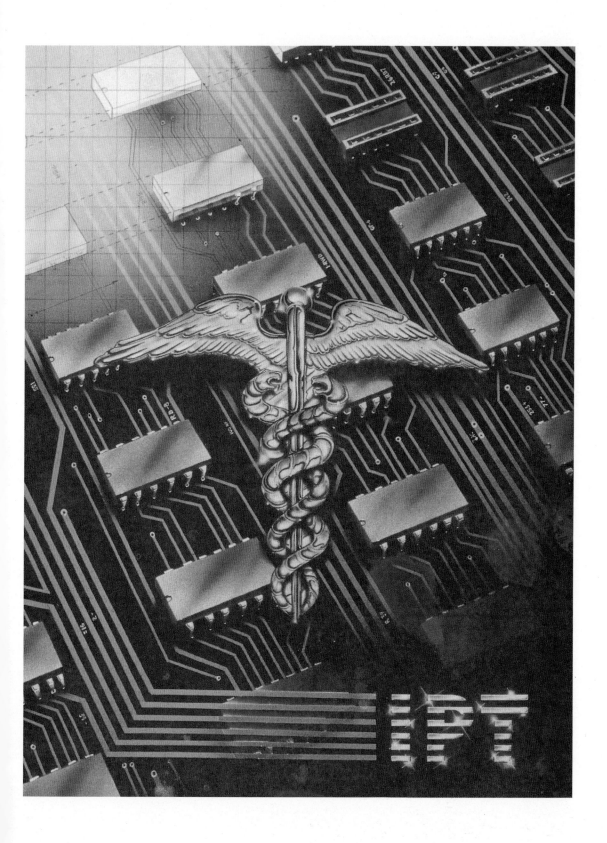

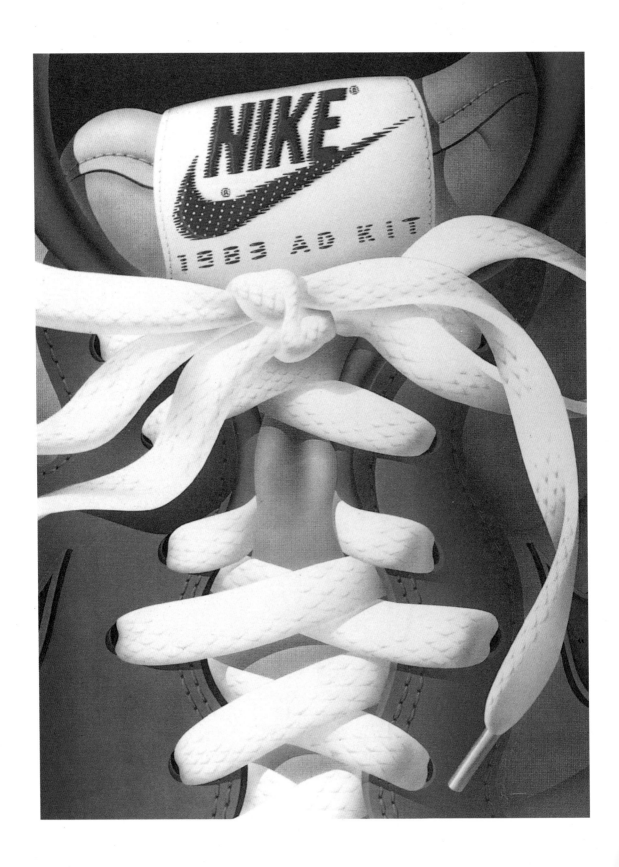

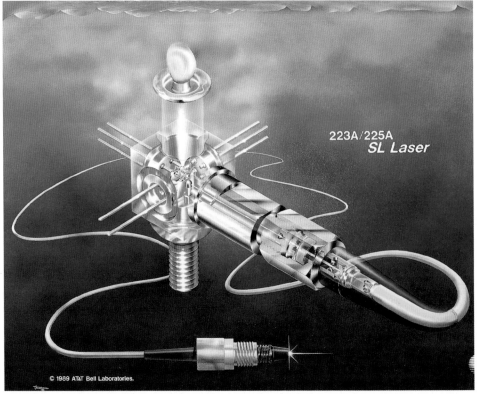

223A/225A
SL Laser

© 1989 AT&T Bell Laboratories.

现 代 喷 绘 设 计 表 现 技 法

申 伟　昭 平　编著

术出版社出版·发行(长沙市人民中路103号)　　　湖南省新华书店经销　　　湖南省新华印刷三厂印刷

责任编辑：李晓山　　责任校对：李奇志

开本:787×1092毫米　　1/16　　印张:8.25　　字数:1.2万　　印数:1－3000册

8 月第 1 版　　1998 年 8 月第 1 次印刷　　ISBN7－5356－1087－O/J·1008　　定价:63.00 元